À BEATRIZ, AO VICENTE E AO FELIPE, COM AMOR.

Dados Internacionais de Catalogação na Publicação (CIP)

Z58t Zerbini, Caio
1. ed. O tio + oito / Caio Zerbini; ilustração de Bruna Lubambo – 1. ed. – São Paulo: Editora Caixote, 2021.
   48 p.; il.; 19 x 26 cm.

  ISBN : 978-65-86666-06-9

1. Família – Literatura infantil. 2. Palíndromo. I. Lubambo, Bruna. II. Título.
05-2021/20   CDD 028.5

Índice para catálogo sistemático:
1. Literatura infantil 028.5
2. Literatura infantojuvenil 028.5
Bibliotecária responsável: Aline Graziele Benitez CRB-1/3129

CAIO ZERBINI E
BRUNA LUBAMBO

Editora Caixote

MEUS PRIMOS LIA E TIAGO FICAM SÓ ESPERANDO A GENTE CHEGAR.

"DESDE QUE EU ERA UM BEBEZINHO, GOSTAVA DE TUDO AO CONTRÁRIO.

ORDEP
LEILA (mirrored)
JORGE (mirrored)
ANA

QUANDO APRENDI AS LETRAS,
É CLARO QUE EU GOSTAVA DE
LER E ESCREVER
TUDO AO CONTRÁRIO.
MEU NOME VIROU **ORDEP**.
O DA MAMÃE, **ALIEL**.
O DO PAPAI, **EGROJ**.
E O DA MINHA IRMÃZINHA AQUI... **ANA**.

PEDRO
LEILA
JORGE
ANA

E PENSEI COM MEUS BOTÕES:
UÉ, COMO ASSIM ANA VIROU... ANA?
O NOME DA MINHA IRMÃ É IGUAL SE
LIDO NORMAL OU DE TRÁS PARA FRENTE?

UMA TARDE, CHEGUEI EM CASA DA ESCOLA
E ENCONTREI A MAMÃE SENTADA NA POLTRONA,
DANDO MAMÁ À ANA, QUE AINDA ERA UM BEBÊ.
ESTAVA CONTENTE E SERENA. PENSEI:

É A MAMADA DA MAMÃE!

OLHA SÓ, UMA FRASE PALÍNDROMA!
A PARTIR DAÍ, EU INVESTIGAVA NÃO SÓ PALAVRAS PALÍNDROMAS, MAS FRASES TAMBÉM. EU LIA TUDO AO CONTRÁRIO EM BUSCA DELAS. MAS COMO ERA DIFÍCIL!

PERCEBI QUE TREINAR A LEITURA DAS PALAVRAS AO CONTRÁRIO ATÉ AJUDAVA, MAS QUE OS PALÍNDROMOS, NA VERDADE, APARECIAM QUANDO EU MENOS ESPERAVA.

E NO LAGO AO LADO, AVENTURAVA-SE UM GALO...

O GALO NADA NO LAGO.

QUANDO O VOVÔ MOSTROU, NO VIDEOCASSETE,
UM JOGO ANTIGO DO PELÉ E ME DISSE QUE
O NOME DELE, NA VERDADE, ERA EDSON...

O GOL, EDSON, NOS DÊ LOGO!

E ASSIM FUI CRESCENDO, FORMANDO MEUS VALORES E PERCEBENDO QUE OS PALÍNDROMOS SEMPRE SURGIAM EM SITUAÇÕES INSPIRADORAS, DE AMOR E AFETO.

QUANDO COMECEI A ESCREVER POEMAS, FIZ UM SÓ DE VERSOS PALÍNDROMOS.

E DEPOIS QUE FIZ O PRIMEIRO
POEMA DEDICADO À RITA,
LOGO JÁ FIZ OUTRO,
TAMBÉM COM PALÍNDROMOS.

NO DIA EM QUE LEÓN ME MANDOU UM CARTÃO LÁ DA ITÁLIA DIZENDO QUE TINHA CONHECIDO ALGUÉM DE QUEM ESTAVA GOSTANDO MUITO...

O NAMORO ROMANO.

AOS MEUS QUERIDOS FILHOS, JÁ FIZ MUITOS PALÍNDROMOS.
CERTA VEZ, QUANDO CHEGAMOS À CASA DO LEÓN E DO MANOEL, ELES ESTAVAM ENCHENDO A SALA COM MÚSICA...

O GAITEIRO RI: É TIAGO!

E NA APRESENTAÇÃO
DE BALÉ NA ESCOLA
DA LIA, TODO CORUJA,
PENSEI...

A LIA, BELA, BALÉ BAILA.

MAS FOI NO CASAMENTO DA PRIMA IVANA, QUANDO VI UMA LÁGRIMA NO ROSTO DA ANA, ENQUANTO ELA OBSERVAVA A VOVÓ MADALENA LEVAR AS ALIANÇAS AOS NOIVOS, QUE SURGIU MEU PALÍNDROMO MAIS LONGO.

ANA VIA MADALENA
LEVAR O MEMORÁVEL
ANEL À DAMA IVANA.

E ASSIM, AMADA FAMÍLIA,
TEM SIDO MINHA VIDA: PERMEADA
DE GENTE QUERIDA, POESIA
E MUITOS PALÍNDROMOS."

QUANDO O TIO PEDRO TERMINOU, TODOS FICARAM EM SILÊNCIO. PARECIA QUE ESPERAVAM UM NOVO PALÍNDROMO OU TENTAVAM FORMULAR SEUS PRÓPRIOS. EU FIQUEI NA MINHA, PENSANDO NO QUANTO ERAM ESPECIAIS AS NOITES NESTA VARANDA...

OPS, VARANDA, NÃO...

A SACADA DA CASA

A SACADA DA CASA

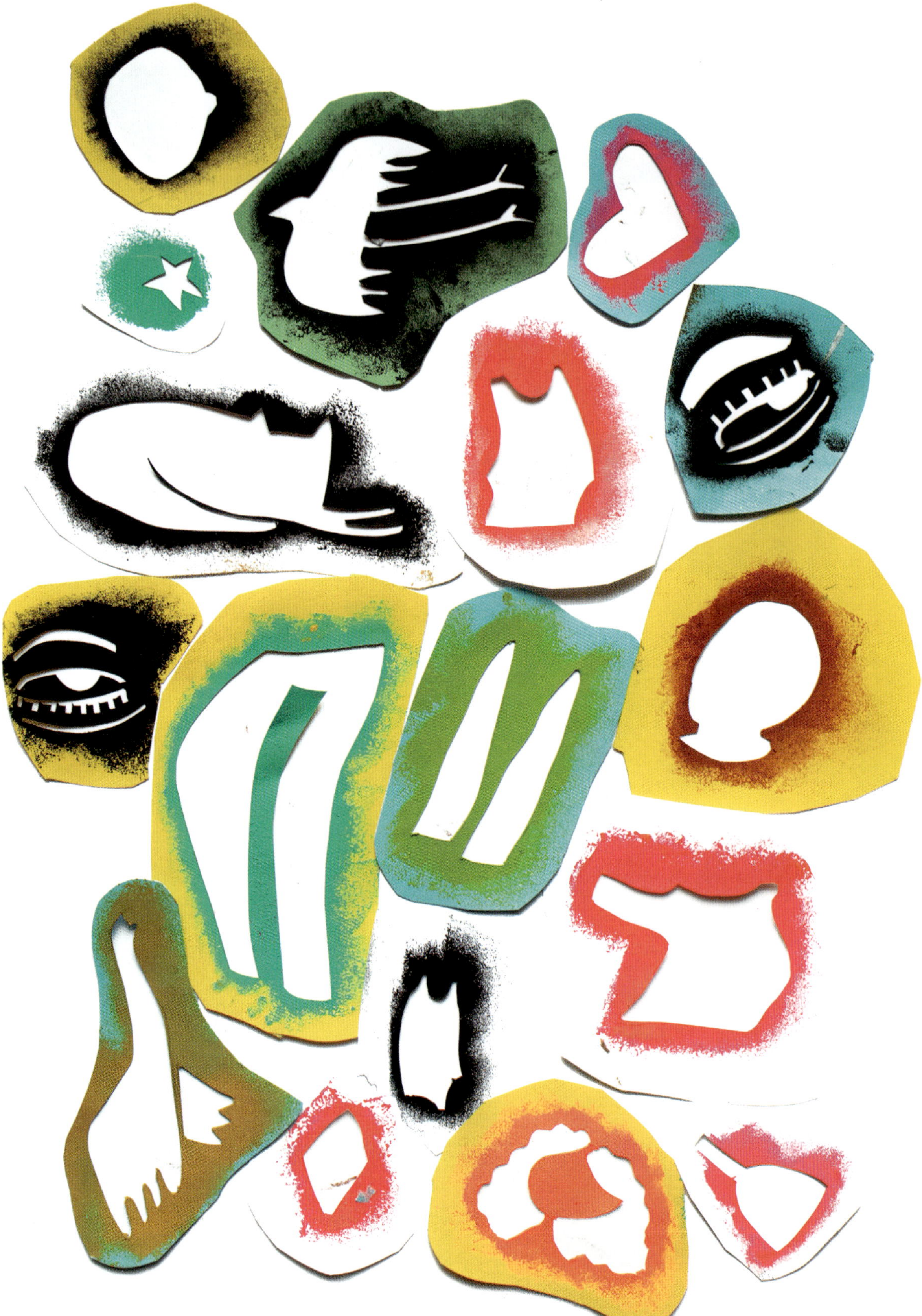

Agora é a sua vez de fazer seus próprios palíndromos, que são as palavras e frases que podem ser lidas também de trás para frente. Para ajudar, Caio, o autor deste livro, dá a dica de algumas palavras que você pode usar. Faça como o tio Pedro: **encha-se de inspiração e de afeto e crie!**

ASSIM ... MISSA
... PARECE RAP...
... LÁ TEM METAL ...
... O CASACO ...
... EU QUE ...
... REVIVER ...

E por falar em criar, essas são as formas produzidas pela Bruna para fazer as ilustrações deste livro. Ela pinta usando uma esponjinha e, depois, desenha por cima.
Aliás, para ilustrar "O tio + oito", ela inventou uma brincadeira: criar algumas formas para cada página e repeti-las na página ao lado, como se tivesse um espelho bem no meio do livro aberto. Depois era só desenhar e colorir por cima dessas formas, resultando em imagens diferentes (só que do mesmo formato). Volte um pouco as páginas e repare.
Será que podemos chamar esses desenhos de "palíndromos visuais"?

© do texto: Caio Zerbini
© das imagens: Bruna Lubambo
© da edição: Editora Caixote 2021

Edição de Isabel Malzoni
Capa de Bruna Lubambo
Projeto gráfico de Paula Hasenack
Produção gráfica de Marina Ambrasas
Revisão de Catarina Bollos

1.ª reimpressão da 1.ª edição
Editora Caixote
Rua Boracea, 168. São Paulo – SP, Brasil
01135-010
www.editoracaixote.com.br
@editoracaixote

Este livro foi produzido com as tipografias Ballers Delight e Printf e reimpresso no início de 2023, em papel cuchê 115 g/m², pela gráfica Corprint.

Caio, escritor